Aldo Spinelli

L'uso delle istruzioni

Rigrafia

Biblioteca Oplepiana

N. 2

 http://www.inriga.it

 info@inriga.it

 https://it-it.facebook.com/inrigaedizioni/

 https://twitter.com/inrigaedizioni

 https://www.linkedin.com/company/in-riga-edizioni-e-literary-agency

Aldo SPINELLI
L'uso delle istruzioni
Rigrafia

Rigrafia è la scrittura di un testo a partire da un altro testo dato, mediante riordinamento di alcune sue righe tipografiche.

Il testo base fornisce dunque la materia prima per la costruzione del testo derivato. Le righe del primo, assolutamente inalterate, sono usate come tessere per la realizzazione del secondo, una specie di puzzle verbale. Questo puzzle, nella sua correttezza di sintassi e di senso, è tuttavia del tutto autonomo dal testo base.

Istruzioni:

1. Si scelga un testo (romanzo, saggio, ecc.) nella sua edizione originale o in una sua traduzione.

2. Si ricopi la prima riga del primo capitolo nella sua esatta configurazione tipografica (se, per esempio, termina con una parola interrotta, la si mantenga tale).

3. Si cerchi un'altra riga (in una pagina qualsiasi dell'intero testo) che possa proseguire (o chiudere con un punto a capo) la frase.

3b. La scelta potrebbe sembrare arbitraria ma conduce via via alla costruzione della nuova 'storia' che ne definisce i limiti di libertà.

4. Si ripeta la procedura fino a un numero prefissato di righe.

4b. Questo numero può corrispondere a quello dei capitoli del testo base o a un altro numero comunque predeterminato.

5. L'ultima riga del testo derivato sia la stessa ultima riga del testo base.

Uso:

Per la sua affinità con la composizione di un puzzle, ho deciso di proporre questo metodo servendomi (come testo base) del romanzo-puzzle per eccellenza: *La vita istruzioni per l'uso* di Georges Perec nella sua unica traduzione in italiano (a cura di Dianella Selvatico Estense - Rizzoli, Milano, 1984).

Il testo derivato (*L'uso delle istruzioni*) è formato da 99 righe, come il numero dei capitoli del romanzo, e il suo contenuto richiama la mia personale avventura con il metodo della *Rigrafia*.

Nella scelta delle righe ho cercato di spaziare nell'arco dell'intero romanzo evitando di proporre coppie di righe successive. Una sola eccezione: la terzultima e la penultima riga per quell'imprevedibile "Santa Sofia" che è proprio l'indirizzo della mia abitazione.

Nella tabella seguente sono riportati, nell'ordine progressivo, i numeri delle pagine e delle righe riprese dal testo base.

	pagina	riga
1	11	1
2	346	17
3	208	37
4	496	19
5	107	7
6	271	9
7	302	10
8	23	39
9	138	1
10	209	17
11	357	18
12	439	11
13	260	23
14	30	40
15	345	20
16	106	21
17	186	39
18	396	19
19	122	14
20	294	16
21	221	22
22	388	15
23	325	34
24	292	35
25	67	29
26	198	13
27	402	19
28	296	10
29	128	38
30	344	15
31	137	13
32	450	28
33	390	27

	pagina	riga
34	28	3
35	484	13
36	7	18
37	128	27
38	207	8
39	321	34
40	136	17
41	14	5
42	401	31
43	345	21
44	239	30
45	350	26
46	401	21
47	119	32
48	346	39
49	327	31
50	220	20
51	411	1
52	209	24
53	256	28
54	206	11
55	233	41
56	181	5
57	276	21
58	292	27
59	484	2
60	81	25
61	94	32
62	296	26
63	294	28
64	257	11
65	118	23
66	136	31

	pagina	riga
67	147	40
68	265	42
69	333	25
70	377	37
71	482	27
72	94	20
73	345	18
74	284	7
75	241	12
76	383	22
77	120	3
78	349	36
79	344	23
80	345	42
81	95	24
82	235	9
83	119	36
84	209	22
85	347	7
86	97	10
87	7	11
88	401	32
89	107	6
90	257	10
91	30	19
92	130	4
93	100	1
94	185	21
95	71	39
96	250	30
97	99	26
98	99	27
99	502	5

Sì, tutto potrebbe iniziare così, qui, in questo modo, una maniera

evidente, evidente quanto il problema era parso insolubile fino a

ordinare gli attrezzi, a preparare il materiale, a fare certe prove.

Fu allora che accadde l'imprevisto: proprio nel momento in cui

numerava le pagine con l'inchiostro viola. Oltre a questo, faceva una

improvvisazione, cambiando sei parti e dodici costumi per volta,

ma per salvare parole semplici che a lui continuavano a parlare.

I pezzi migliori della collezione erano conservati in una piccola

solennità quanto nella banalità, come se avesse voluto prevenire e

esaminarne un particolare da vicino, o girando in tondo come una

rilettura di una parola riassumente allora tutta la situazione sarebbe semplice e complessa, segni di una storia, di un lavoro, di un sapere,

ineffabile e niente di più.

Il processo era semplice e richiedeva solo pazienza e minuzia.

A volte, tre, quattro, o cinque di quei pezzi s'incastravano con

dubbio ed entusiasmo, e trovando in quel gioco un diversivo alla sua

facoltà di assimilare. Gli bastava leggere qualcosa una volta per non

passare al vaglio di una critica implacabile. Certo, la tentazione di

una prova iniziatica, un comportamento magico legato alla nascita o

alla confluenza fra un sogno e una realtà. Il concetto stesso di "ritratto

dall'opera dei due autori".

Il suo ragionamento era sbagliato, o, perlomeno, ipotetico, ma si creava una senzazione propizia alle manifestazioni soprannaturali.

Il relativo insuccesso di quei tentativi non lo scoraggiò oltre

nelle sue moltiplicazioni; per rilassarsi, fa parole incrociate, legge

dagli anacronismi senza i quali questa chiave dei sogni non aprirebbe

una porta schiusa nel buio.

A volte questa coincidenza fra immaginario e biografico fa del

circolare: una successione di avvenimenti che, concatenandosi, si

avrebbe avuto come sempre a che fare con delle complicazioni, delle

strambe pedine di un gioco senza fine del quale aveva finito con il

credere ce ne fosse uno solo riflesso in un gigantesco gioco di specchi:

Un Sogno di Alice, vagamente ispirato a Lewis Carroll e scritto apposta per andar a verificare in loco le sue temerarie ipotesi.

L'eccessivo interesse dedicato alle sue indagini a scapito del

puzzle non significa niente; è semplicemente domanda impossibile,

un progetto, difficile certo, ma non irrealizzabile, controllato da cima

in elementi inerti, amorfi, poveri di significato e informazione, ma

abituali in questo tipo di attrazioni – giochi di specchi, giochi di fumo

molto più violento del vuoto, qualcosa che non era semplicemente

ancora compiuta.

È difficile dire se il progetto fosse realizzabile, se era possibile

una facilità sconcertante; poi, si bloccava tutto: il pezzo mancante

avrebbe potuto salvarlo da una situazione sempre più ingarbugliata:

esaltazioni e disperazioni, attese febbrili e certezze effimere, il puzzle

era dato: voleva che l'intero progetto si chiudesse su se stesso senza

una nota, e rifiutò praticamente di parlare, adducendo la necessità di

ricordi di immagini, di tratti di matita, colpi di gomma, tocchi di

avanguardia la quale, come proclamò a gran voce, sarebbe stata il

più cesellato di un gioiello.

Ancora una volta, la spiegazione, per quanto inverosimile fosse,

richiedeva un'abilità scrupolosa, ma dove l'invenzione non c'entrava

preferiva riprodurre o ispirarsi a documenti che esistevano già; per

sapienza del taglio, e un taglio aleatorio produrrà necessariamente

una crepa invisibile che percorrendola da cima a fondo, come un

romanzo poliziesco edizione economica, con la copertina illustrata,

non è una pubblicazione medica, ma una rivista di linguistica della

quale però, forse per averlo applicato troppo rigidamente, ottenne

di favorirne in qualche modo la pubblicazione.

La sua ipotesi fu confermata al di là delle più rosee previsioni e la

curiosità, è, come s'intuisce dal termine stesso, un pezzo di cui esiste

filo ancora più remoto, ancora più vago e arbitrario a legare il ritratto

creativo e la sete d'immaginario dell'artista.

La sua minuzia, il suo rispetto, la sua abilità, erano straordinari. In

leggende, parecchi documenti e vestigia sembrano provare che i

suoi metodi si erano affinati all'estremo, ma se quasi sempre vedeva

altro, sono fra i pezzi forti della sua scuderia.

Con una precisione che non lascia niente al caso, nello stesso genere, ciò non toglie che la sua collezione sia molto più varia: fasci di rose sparse sul lussuoso tappeto inchiodato su sfondo azzurro; passerelle ingombre di giornali impacchettati, scatole di archivio, giocattoli e accessori scolastici dati in omaggio a ogni acquirente di un fiore di giglio, vari frutti, o un alfabeto quasi completo con pezzi a castello di carte la cui ambizione è pari solo alla sua fragilità. Di qualcosa come un marchio di fabbrica solo permesso all'autore dal dire a se stesso, ricevendolo, che il destino gli era ancora una volta appeso a un chiodo dietro la porta.

Quegli attimi privilegiati erano rari quanto inebrianti ed effimeri

problemi per risolverli meglio, affrontarli nell'ordine, eliminare le

forme apparentemente anodine, evidenti, facilmente descrivibili –

prove dell'autenticità e – soprattutto – dell'unicità dell'oggetto in

mente riflesso nello specchio scuro del parquet.

Ma presto cominciò a ciondolare, a esitare, a cancellare. Quando la

pratica, senza staccare mai la mano, disegnava tagli e frastagliature. Il

più spesso, e in modo molto più perfido, come se avesse intuito che

aveva raccolto un'ampia documentazione storica e scientifica sulle

singole parti che lo compongono: la qual cosa significa che si può

portarne a termine l'esecuzione senza che prima o poi crollasse sotto

le scritture su grandi registri a quadretti rilegati in tela nera di cui

ritoccava fregi romantici o miniature di libri d'ore.

Dopo una serie di tentativi infruttuosi, realizzati partendo da

un'immagine fissata una volta per tutte, indelebile: quest'uomo

cominciava ormai ad appannarsi di molto e si può quindi presumere

che giustamente fece scalpore dato che fino allora non si conosceva

qualcosa d'antico e impalpabile, qualcosa che palpitava chissà dove,

prima rappresentazione pubblica: i ritagli così incollati venivano

provenienti da un nascondiglio scavato in una delle muraglie di Santa

Sofia. La lista degli oggetti in questione ci è nota per via di una lettera

nella sua stessa ironia, di una W.

La Biblioteca Oplepiana [*]

Ruggero Campagnoli
Edulcoranti, con cento tempere,
Coloranti, di Totò Radicchio (1990, 1)

Aldo Spinelli
L'uso delle istruzioni, Rigrafia (1991, 2)

Giuseppe Varaldo
Canto tenero, Mitografemi (1992, 3)

Ruggero Campagnoli
Deliri edipici, Sonetti palindromici (1992, 4)

Piero Falchetta
Frammenti in vita
Combinazioni monorime con commento (1993, 5)

Ruggero Campagnoli
Vocalizzi Zulu, Sonetti monovocalici latenti,
con una cartella di 5 serigrafie,
Proiezioni e vocali in ombra, di Totò Radicchio (1994, 7)

Elena Addòmine
Forme For me, Traduzioni omografiche (1994, 7)

Raffaele Aragona
La viola del bardo, Piccolo Omonimario Illustrato (1994, 8)

Aldo Spinelli
Le ripartite, Rimbalzo statistico (1994, 9)

Ruggero Campagnoli
Sestine per modo di dire,
Testi locuzionali semiautomatici (1994, 10)

Sal Kierkia
(a cura di) *L'isola teletrasportata*, Anagrafie (1996, 11)

Paolo Albani

Geometriche visioni, L'alfabeto raffigurato (1996, 12)

Paolo Albani

Rose osé, Lettere rubate (1998, 13)

Màrius Serra i Roig

Turandot espuri, Solfeix (1998, 14)

Luca Chiti

L'infinito futuro, Sillabe in crescenza (1999, 15)

Oplepo

Giallo di Anghiari, Misteri obbligati (1999, 16):
- *Analisi finale*, di Elena Addòmine
- *La disparizión*, di Raffaele Aragona
- *Alloro per loro*, di Brunella Eruli
- *Una parola d'oro*, di Piero Falchetta
- *Numero tredici*, di Sal Kierkia
- *Un caffè per tre*, di Giuseppe Varaldo

Oplepo

Esercizi di stime, Acronimi elogiativi (2000, 17):
- Elogio dell'*Opera poetica limitante entropiche profondità ombeli-cali*, di Elena Addòmine
- Elogio dell'*Oscurità poetica laureata esibendo parole oblique*, di Paolo Albani
- Elogio di *Ogni poema lipogrammatico esprimente potenzialità oscu-rate*, di Raffaele Aragona
- Elogio dell'*Ospedale per lemmi esausti, provati, obesi*, di Alessandra Berardi
- Elogio dell'*Operosa pastorelleria legata, elegantemente poco orto-dossa*, di Luca Chiti
- Elogio dell'*Ostinato premere lemmi endecasillabici producenti oleosità*, di Brunella Eruli
- Elogio dell'*Ostracismo politico, legge emarginata, punto O*, di Sal Kierkia
- Elogio dell'*Osar poetare liberamente, evitando penalizzanti ortodossie*, di Maria Sebregondi
- Elogio dell'*Ombra, proiezione labile eppure pressoché onnipresente*, di Giuseppe Varaldo

Luca Chiti

Il centunesimo canto, Philologica dantesca (2001, 18)

Paolo Albani

Fantasmagorie, Parole in bianco (2001, 19)

Giulio Bizzarri

Art caveau, L'invisibile pittura (2001, 20)

Ermanno Cavazzoni

Morti fortunati, Slittamento proverbiale (2001, 21)

Oplepo

Il doppio, Due per uno (2004, 22):
- *Doppio senso*, di Alessandra Berardi
- *Double-face*, di Anna Regina Busetto Vicari
- *Il doppio imperfetto*, di Brunella Eruli
- *La scoperta dell'America*, di Domenico D'Oria
- *Duplex*, di Edoardo Sanguineti
- *Lingua doppia*, di Elena Addòmine
- *Il romanzo equivoco*, di Ermanno Cavazzoni
- *Specchio*, di Giulio Bizzarri
- *Senso doppio/doppio senso*, di Giuseppe Varaldo
- *Kamasutra*, di Maria Sebregondi
- *Il punto di vista, anche*, di Paolo Albani
- *Teoremi e assiomi*, di Piergiorgio Odifreddi
- *Raddoppi*, di Raffaele Aragona
- *Doppio doppio*, di Sal Kierkia
- *Doppio*, di Totò Radicchio

Piergiorgio Odifreddi

Riflessi in uno zaffiro orientale,
Diari minimi di viaggi effimeri (2005, 23)

Sal Kierkia

Preludi, Tempo obbligato (2005, 24)

(*) I primi 24 fascicoli, riuniti, sono pubblicati ne *La Biblioteca Oplepiana*

Oplepo

A Italo Calvino (2005, 25)
- *La galleria dei destini incrociati*, di Paolo Albani
- *Rapsodia di fiori in blu*, di Brunella Eruli
- *Permutazioni bibliografiche*, di Domenico D'Oria
- *Lezioni italo-americane*, di Elena Addòmine
- *Alluvione d'aiuole*, di Sal Kierkia
- *Conoscenza della forma*, di Anna Busetto Vicàri
- *Italo Calvino in ottava*, di Giuseppe Varaldo
- *Sulla luna giraffa*, di Maria Sebregondi
- *Paronomàsie*, di Raffaele Aragona

Oplepo

Chimere, Esercizi funzionari (2206, 26)
- *La Chimera Incapricciata*, di Anna Busetto Vicari
- *La chimera di Spoon River*, di Brunella Eruli
- *Kimerik polito-logico*, di Domenico D'Oria
- *Chimere shakespeariane*, di Elena Addòmine
- *Sonetto della Chimera*, di Edoardo Sanguineti
- *Percorsi per-versi d'una chimera*, Giorgio Weiss
- *Manghiscoli*, di Ermanno Cavazzoni
- *Chimere*, di Giuseppe Varaldo
- *Tradurre, una chimera? PER-QUE-NEAU!*, di Maria Sebregondi
- *Mi illudo*, di Paolo Albani
- *Chimere napoletane*, Raffaele Aragona
- *I cosi così, di* Sal Kierkia

Cenni sugli autori dei testi

Elena ADDÒMINE, informatica, si occupa di organizzazioni di strutture aziendali, linguistiche, musicali e familiari. Si è prodotta sinora in strategie per l'innovazione tecnologica, traduzioni omografiche (*Forme for me*, B.O. n. 7, 1994) e in improvvisazioni pianistiche e culinarie, con le quali intrattiene la sua prole. Partecipa all'Oplepo da New York, dove vive e lavora.

Paolo ALBANI, scrittore e poeta visivo, dirige la nuova serie di *Tèchne*, rivista di bizzarrie letterarie e non. Tra le sue pubblicazioni: *Words in progress* (Campanotto, 1992); *Aga magéra difúra*. Dizionario delle lingue immaginarie (Zanichelli, 1994; Les Belles Lettres 2000); *Forse Queneau*. Enciclopedia delle Scienze Anomale (Zanichelli, 1999), *Il corteggiatore e altri racconti* (Campanotto, 2000), *Mirabiblia*. Catalogo ragionato di libri introvabili (Zanichelli 2003) e *Il sosia laterale e altre recensioni* (Edizioni Sylvestre Bonnard, 2003). Nel libro *Le cerniere del colonnello*. Antologia di scritti dell'Istituto di Protesi Letteraria (Ponte alle Grazie, 1991) ha raccolto i testi pre-oplepiani usciti sulla rivista "il Caffè". Per la "Biblioteca Oplepiana" ha scritto *Geometriche visioni*, L'alfabeto raffigurato (1996), *Rose osé*, Lettere rubate (1998), *Fantasmagorie*, Parole in bianco (2001).

Raffaele ARAGONA, ingegnere, insegna Tecnica delle Costruzioni nella Facoltà di Architettura dell'Università Federico II di Napoli. Pubblicista, scrive di enigmi e di ludolinguistica su "Il Mattino". Membro fondatore dell'Oplepo, è responsabile del Premio "Capri dell'Enigma", nell'àmbito del quale ha curato convegni specialistici e a carattere interdisciplinare, tra i quali, i più recenti, *Il fascino indiscreto dell'omonimia* (1994), *Attenti alla Sfinge!* (1996), *Le vertigini del labirinto* (1998), *La regola è questa* (2000), *Sillabe di Sibilla* (2002), *Il doppio* (2004). È autore di *Una voce poco fa*. Repertorio di vocaboli omonimi della lingua italiana (Zanichelli, 1994). Nella "Biblioteca Oplepiana" (1994) ha pubblicato *La viola del bardo*, Piccolo Omonimario Illustrato. Ha curato la raccolta *Antichi indovinelli napoletani* (Marotta, 1992) e, per le Edizioni Scientifiche Italiane, i volumi *Enigmatica. Per una poietica ludica* (1996), *Le vertigini del labirinto* (2000), *La regola è questa* (2002) e *Sillabe di Sibilla* (2004). Anche a sua cura è il volume *Capri à contrainte* (La Conchiglia, 2000). Ha pubblicato *Oplepiana*. Dizionario di letteratura potenziale (Zanichelli, 2002).

Alessandra BERARDI, poetessa, è autrice e interprete di spettacoli comici e per bambini. In breve: Musa Autoispiratrice. Sarda, vive a Bologna. È fra gli autori del programma di Raidue *L'albero azzurro*. Dal 1988 partecipa a rassegne di teatro, poesia e musica. Ha pubblicato, col gruppo Bufala Cosmica, *Rime tempestose* (Sperling & Kupfer, 1992). Dal 1990 fa parte di *Riso Rosa*, progetto teatrale di comicità femminile; con Daniela Rossi ha curato *Ragazze, non fate versi!* (Zona, 1999). Ha collaborato con varie testate, come *Linus, Comix, L'Unità, Il Domani*. Tiene laboratori di poesia per ragazzi; ha pubblicato il libro *Patate su Marte* (d'if, 2002). Sue poesie, racconti e canzoni si trovano in CD, video, riviste e antologie, tra cui *Doppio sogno* (di Emilio Galante, Scatola Sonora, 1996), *Sfiga all'Ok Corral* (Golem, a cura di S. Bartezzaghi, Einaudi, 1998) e *Oplepiana* (a cura di R. Aragona, Zanichelli, 2002). Da qualche anno collabora attivamente con il compositore Battista Giordano.

Giulio BIZZARRI, ha collaborato dal '71 al '73 alla rivista letteraria "il Caffè", curando una rubrica di *ready-made* linguistici. Dal 1980 è *copywriter* e direttore creativo di un'agenzia del gruppo BBDO. Ha pubblicato per Feltrinelli i due volumi *Vedute nel paesaggio* e *Scritture nel paesaggio* e, per le edizioni Essegi, *Giardini in Europa*. Nel 1989 ha fondato, con Gianfranco Gasparini, l'Università del Progetto di Reggio Emilia. Nel 1991, ha pubblicato le *Poesie terapeutiche*, vendute in libreria in più di 400.000 copie e per Comix *Pubblicità magari*. Nel 1990 ha ricevuto l'oro dall'Art Director's Club. Nel 2000 ha presentato, con la mostra *Advertaintment* alla Triennale di Milano, le ultime "pubblicità magari". È autore di *Art caveau. L'invisibile pittura* (B.O. n. 20, 2001).

Anna BUSETTO VICÀRI, fondatrice dell'Archivio e Centro Studi "il Caffè", la rivista letteraria di Giambattista Vicàri, del quale ha curato il carteggio con Ezra Pound in *Il fare aperto. Lettere 1939-1971* (Archinto, 2000); è autrice del libro *Solo di rose* (Raffaelli, 2003).

Ermanno CAVAZZONI, scrittore, insegna al Dipartimento di Filosofia dell'Università di Bologna. È autore de *Il poema dei lunatici* (Bollati Boringhieri, 1987), cui si è ispirato Federico Fellini per il film *La voce della luna*, de *Le tentazioni di Girolamo* (Bollati Boringhieri, 1991), di una serie di "traduzioni infedeli", all'interno di *Le leggende dei Santi* di Jacopo da Varagine (Bollati Boringhieri, 1993) e di *Vite brevi di idioti* (Feltrinelli, 1994). *I sette cuori* (Bollati Boringhieri, 1992) contiene sette divertenti variazioni, decisamente oplepiane, del deamicisiano "Sangue romagnolo". I suoi libri più recenti sono

Cirenaica (Einaudi, 1999) e *Gli scrittori inutili* (Feltrinelli, 2002). Ha introdotto edizioni dell'Ariosto e del Pulci; è tra gli ideatori della rivista *Il Semplice*.

Luca CHITI (1943–2003), laureatosi in Letteratura italiana moderna e contemporanea a Pisa, si è occupato delle avanguardie del primo Novecento con particolare interesse per le riviste fiorentine, pubblicando articoli su "Filologia e letteratura" e curando per l'Editore Loescher il volume *Cultura e politica nelle riviste fiorentine del primo '900* (1972). Nel 1973 ha curato la maggior parte delle voci degli autori del Novecento per il *Dai* (Dizionario degli autori italiani) dell'Editore D'Anna. Suoi testi poetici sono apparsi in "Arte e Poesia" e su "Quasi". Nel 1972 è uscita la sua raccolta di liriche *Il viaggio all'Oriente* nel volume *Poesie* (Ed. Manzuoli). È autore de *L'Infinito futuro*, Sillabe in crescenza (B.O. n. 15, 1999) e de *Il centunesimo canto*, Philologica dantesca (B.O. n. 18, 2001).

Domenico D'ORIA, docente di Lingua e letteratura francese all'Università di Bari, è cultore entusiasta di esercizi oulipiani. È studioso dei problemi di ideologia nei dizionari e dei problemi teorici e pratici della traduzione. Ha dedicato molta attenzione ai *Jeux de mots* di François Georges Maréschal, marchese di Bièvre. Membro fondatore e Segretario dell'Oplepo, dirige l'*Alliance Française* di Bari.

Brunella ERULI, ordinaria di Letteratura francese all'Università di Siena, interessata ai problemi di arte contemporanea e delle avanguardie, ha pubblicato, oltre a vari saggi dedicati alla letteratura francese, *Jarry, i mostri dell'immagine* (Pacini, 1982), *Percorsi dell'avanguardia* (Pacini, 1992). Ha curato l'edizione dei volumi *Attenzione al potenziale! Il gioco della letteratura* (Nardi, 1994) e *L'obiettivo e la parola* (Slatkine-ETS, 1996). Autrice di vari scritti sul teatro, è caporedattore di "Puck, la marionette et les autres arts", la rivista internazionale del teatro di figura. Fa parte del consiglio di redazione della "Rivista di letterature moderne e comparate".

Piero FALCHETTA, bibliotecario alla Marciana di Venezia e storico della cartografia, ha sempre giocato con serietà in compagnia della letteratura. Da *Oculus pudens*, un volume sulla poesia di Andrea Zanzotto (Francisci, 1983), alla traduzione del romanzo lipogrammatico di Georges Perec *La disparition* (*La scomparsa*, Guida editori, 1995), ha coltivato con continuità i rapporti con quelle opere che sono generalmente, per qualche verso, considerate "difficili", sperando così, prima di ogni altra cosa, di renderle comprensibili, se non altro a sé stesso. Collabora a numerose riviste italiane e straniere. È autore di *Frammenti in vita*, Combinazioni monorime con commento (B.O. n. 5, 1993).

Sal Kierkia (trascrizione abbreviata di Salvatore Chierchia), studente facoltativo di lungo córso e impropriamente ricercatore in proprio, ha avuto la sorte di rinvenire, durante migrazioni da vero "chierico vagante" fuori tempo, uno sconcertante latercolo nella lingua degli Incas. Esperto e appassionato di enigmi, di poesia artificiosa e di ludolinguistica, saltuario collaboratore bilingue della fortunosa rivista "il Caffè", è autore di preziose rubriche sulla rivista "Il Labirinto". A sua cura, la "Biblioteca Oplepiana" ha pubblicato (1996) *L'isola teletrasportata*, Anagrafie. È l'autore di *Preludi*, Tempo obbligato (B.O. n. 24, 2005).

Piergiorgio Odifreddi, ha studiato matematica in Italia, negli Stati Uniti e in Unione Sovietica, e insegna Logica presso le Università di Torino e Cornell (USA). Fra le sue pubblicazioni *Classical Recursion Theory* (North Holland, 1989 e 1999), *Il Vangelo secondo la Scienza* (Einaudi, 1999), *La matematica del Novecento* (Einaudi, 2000), *Il Computer di Dio* (Cortina, 2000), *C'era una volta un paradosso. Storie di illusioni e verità rovesciate* (Einaudi, 2001), *Il diavolo in cattedra. La logica da Aristotele a Godel* (Einaudi, 2003), *Le menzogne di Ulisse* (Longanesi, 2004), *Penna, pennello e bacchetta. Le tre invidie del matematico* (Laterza, 2005). Collabora con giornali, radio e televisione. Nel 1998 l'Unione Matematica Italiana gli ha assegnato il Premio "Galileo".

Totò Radicchio, architetto, docente alla Facoltà di Architettura di Venezia, vive a Bari. È autore dell'opera di pittura potenziale *Coloranti* (da *Edulcoranti*), liberamente tratta dalle cento stringhe di Campagnoli, delle quali riprende in chiave pittorica (geometrica e cromatica) le costrizioni permutazionali (uno dei suoi cento elementi è riportato nella copertina di *Oplepiana*). È anche autore di *Vocali*, altra opera che traduce pittoricamente la costrizione legata ai cinque sonetti omoconsonantici di Ruggero Campagnoli (*Vocalizzi Zulu*, B. O. n. 6, 1994).

Edoardo Sanguineti, poeta, ha insegnato Letteratura italiana all'Università di Genova, sua città natale. Il suo nome è legato all'avanguardia, non solo letteraria, ma anche musicale, pittorica e teatrale. Le sue poesie sono raccolte da Feltrinelli in *Segnalibro* (1982), *Bisbidis* (1987), *Senza titolo* (1992), *Corollario* (1997) ed in *Novissimum Testamentum* (Nanni, 1986): in molte di esse è rimescolato il senso tragico, comico, onirico, grottesco, epigrammatico ed enigmistico con quei modi di capriccio e gioco, che caratterizzano anche la scrittura del Sanguineti narratore (*Capriccio italiano* e *Il giuoco dell'oca*, Feltrinelli, 1963 e 1987). *L'Alfabeto apocalittico*, 21 ottave scritte per la grande *Apocalisse* di Enrico Baj, fu letto dall'autore nel 1982 in forma teatralizzata con il volantinaggio dei singoli testi, dalla A alla Z, su foglietti variamente colorati, simili ai vecchi pianeti della fortuna. Autore oplepiano *ante litteram*, ha ricevuto nel 1998 il Premio "Capri dell'Enigma" – sezione arte e letteratura; nello stesso anno è entrato a far parte dell'Oplepo, del quale è oggi Presidente. *Il chierico organico* (Feltrinelli, 2000) è il titolo di una raccolta di suoi saggi.

Maria SEBREGONDI, consulente di comunicazione e di concept di prodotto, lavora con la scrittura in diverse aree: copywriting e comunicazione, editoria e traduzione letteraria, stampa periodica. Dall'attività professionale sono nate diverse esperienze didattiche presso Università pubbliche e private (corsi e seminari di scrittura e comunicazione, traduzione letteraria, formazione per creativi). Dal 2000, insegna *Percezione del linguaggio* all'Università dell'Immagine, Milano. Tra le sue pubblicazioni: *Etimologiario* (Longanesi, 1988; Greco&Greco, 2003), piccolo dizionario di etimologie inventate; la collana *Doppiogioco* (Giunti), storie in versi per bambini; *Smentimenti*, raccolta di racconti (Greco&Greco, 2000). Appassionata di traduzione di testi *à contrainte*, in versi e in prosa, ha tradotto Queneau (*Quercia e cane*, Il melangolo, 1995; *Centomila miliardi di baci*, Archinto, 1997), Perec (*Ellis Island. Storie di erranza e di speranza*, Archinto, 1996), Picabia, Coleridge, Nabokov. Dal 1996 fa parte di Oplepo. Firma la rubrica *Tecnica mista* su *Alias*, supplemento culturale de *Il Manifesto*. Vive prevalentemente a Milano.

Màrius SERRA, scrittore catalano, è nato e vive a Barcellona. Ha pubblicato vari volumi di racconti, tra i quali *Línia* (1987), *Contagi* (1992) e di novelle come *L'home del sac* (1990) e *Mon oncle* (1996). Giornalista, scrive su "La Vanguardia" e su l'"Avui" di Barcellona. Nel suo volume, *La vida normal* (Edicions Proa, Barcelona, 1998) si ripromette di trasformare la sua esperienza di scrittore in materia letteraria. È primo membro straniero dell'Oplepo, per il quale ha scritto *Turandot espuri*, Solfeix, fascicolo (B.O. n. 14, 1998). Sue opere più recenti sono *AblanatalbA* (Edicions 62, 1999) e *Verbalia* uscito contemporaneamente (Barcelona, 2001) nella versione catalana (Editorial Empúries) e castigliana (Editorial Península).

Aldo SPINELLI, pittore, giocologo, è membro corrispondente dell'Oupeinpo. Autore di varie pubblicazioni, ha firmato due fascicoli della "Biblioteca Oplepiana": *L'uso delle istruzioni* e *Le ripartite*. Il suo *Scarabeo d'oro* (1975-1980) è un gomitolo di lana colorata con scrittura in codice. Ha partecipato a numerose mostre collettive e sono molte le sue "personali" (Milano, Genova, Roma, Amsterdam, Oberhausen, Nizza, Gelsenkirchen); in occasione di una sua mostra, dal titolo *Falso Spinelli: un'arte un po' vera* (Genova, 2002), ha presentato il suo *Abbecediario*, diario di viaggio di una persona qualsiasi, che raccoglie in testi lipogrammatici le 21 lettere dell'alfabeto italiano. Un suo recente volume *e* (Marco Polillo Editore, Milano, 2001) costituisce un'eterodossa enciclopedia che ha per protagonista questa vocale.

Giuseppe VARALDO, medico, si interessa di enigmistica e di poesia ludica. È autore di *All'alba Shahrazad andrà ammazzata* (Vallardi, 1993). Il suo *Canto tenero* (B.O. n. 3, 1992) è il primo esempio di «mitografemi».

www.ingramcontent.com/pod-product-compliance
Lightning Source LLC
LaVergne TN
LVHW031437170726
843492LV00010B/3042